ROMEO
ET
JULIETTE,
TRAGEDIE,

Par M. Ducis.

Représentée, pour la premiere fois par les Comédiens François Ordinaires du Roi, le 27 Juillet 1772.

Prix 30 sols.

A PARIS,
Chez P. F. Gueffier, au bas de la rue de la Harpe, à la Liberté.

M. DCC. LXXII.
Avec Approbation & Permission.

(2)

A MONSEIGNEUR
LE COMTE
DE NOAILLES,

GRAND-D'ESPAGNE de la premiere Classe; Duc de Mouchy, Prince de Poix, Marquis d'Arpajon, Vicomte de Lautrec, Baron d'Ambres & des Etats de Languedoc, &c. Lieutenant-Général des armées du Roi & de la Province de Guienne, Chevalier des Ordres de Sa Majesté & de la Toison d'Or, Grand-Croix de l'Ordre de Malthe, Gouverneur & Capitaine des Chasses des Ville, Château & Parc de Versailles, Marly & dépendances, &c.

MONSEIGNEUR,

Les hommes les plus recommandables par leur naissance & par leurs vertus, les plus graves par leur caractere & par l'importance des fonctions publiques, n'ont point fait difficulté dans tous les temps, d'honorer la Tragédie d'une estime particulière. Il est vrai qu'ils ont exigé que loin de nuire aux mœurs, elle leur prêtât au contraire un appui éclatant & public qui rendît ſes leçons plus utiles & plus durables par la nature & la profondeur de ſes impreſſions. Qui mieux que vous, MONSEIGNEUR, doit affermir mes pas dans cette carriere ? Né dans une ville dont vous n'êtes le Gouverneur que pour y répandre plus de bienfaits, aſſez heureux pour vous devoir depuis long-temps de la reconnoiſſance, je me ſuis flatté que vous voudriez bien encore mettre Roméo & Juliette *ſous votre protection, & en agréer l'hommage. J'ai tâché de peindre ſur notre ſcene les triſtes effets de la haine héréditaire entre les familles, & d'exprimer, même dans un caractere vindicatif, le cri de la tendreſſe paternelle. Il eſt peu d'illuſtres maiſons, MONSEIGNEUR, où l'amitié & la concorde ſoient plus remarquables que dans la vôtre. On ſait combien vos enfans vous ſont chers, & combien ils ſont dignes de l'être. Que de raiſons pour eſpérer que ma Tragédie aura des droits ſur votre ame ; mais il faut reſter dans les bornes du ſilence que vous me preſcrivez.*

Je ſuis avec reſpect,

MONSEIGNEUR,

Votre très-humble & très-obéiſſant ſerviteur,
DUCIS.

AVERTISSEMENT.

ENcouragé par les bontés du Public lorsque je donnai la Tragédie d'Hamlet, j'ai fait de nouveaux efforts pour les mériter dans celle-ci.

On a paru me ſavoir gré d'y avoir peint le caractere d'un homme dont l'ame, autrefois vertueuſe & tendre, ſe trouve dénaturée, pour ainſi dire, par la barbare perſécution de ſes ennemis & par l'amour le plus violent pour ſes enfans. Le deſir qu'il a de ſe venger, a moins frappé que la grandeur de ſes malheurs, & les pleurs qu'il donne encore à ſes fils ont peut-être attendri ſur le ſort de ce pere infortuné.

Il me reſte à parler de la mort de Roméo & de Juliette ; ſans doute il eſt dangereux de donner au Théatre l'exemple de ſuicide, mais j'avois à peindre les effets des haines héréditaires, & c'eſt ſur cet objet ſeulement que j'ai voulu & dû fixer l'attention du Spectateur.

Je crois inutile de m'étendre ici ſur les obligations que j'ai à Sakeſpear & au Dante. Les Poëtes Anglois & Italiens, nous ſont trop connus pour qu'on ne ſache pas ce que je dois à ces deux grands hommes.

ACTEURS.

FERDINAND, Duc de Véronne,	*M. Monvel.*
MONTAIGU, grand Seigneur, Chef de la faction des Montaigus.	*M. Brisard.*
CAPULET, autre grand Seigneur, Chef de la faction des Capulets.	*M. Dalinval.*
ROMEO, fils de Montaigu.	*M. Molé.*
JULIETTE, fille de Capulet.	*Mlle Sinval.*
ALBERIC, ami de Roméo.	*M. d'Auberval.*
FLAVIE, Confidente de Juliette.	*Mme. Molé.*

UN OFFICIER.

GARDES.

SOLDATS.

COURTISANS de la suite de Ferdinand.

PARTISANS de la Maison de Montaigu.

PARTISANS de la Maison de Capulet.

La Scene est à Vérone. Le Théatre représente le Palais de Capulet durant les quatre premiers Actes, & durant le cinquieme, la sépulture commune aux deux maisons.

ROMEO ET JULIETTE, TRAGÉDIE.

ACTE PREMIER.

SCENE PREMIERE.

JULIETTE FLAVIE.

FLAVIE.

Quoi! toujours votre cœur occupé de ses craintes
Du moindre événement recevra des atteintes!
Quelque bruit indiscret qu'on se plaise à semer,
Le croirez-vous d'abord, s'il peut vous allarmer?
Et qu'importe après tout aux feux de Juliette
Qu'un Vieillard malheureux, sorti de sa retraite,
Des monts de l'Apennin chassé par son ennui,
Existe dans Véronne & s'y cache aujourd'hui?
De votre amant plutôt rappellez-vous la gloire.
Pensez à Dolvédo, songez à sa victoire;

Dans le dernier combat, ſongez par quel ſecours
De notre jeune Duc il a ſauvé les jours;
Oui : Ferdinand charmé, reconnoît & publie
Qu'il doit à ſa valeur ſon triomphe & ſa vie.
Le fier Duc de Mantoue, enflé de ſes ſuccès,
Enfin, couvert de honte, a vu fuir ſes ſujets.
Bientôt nos ennemis, preſſés par leurs allarmes,
Vont demander la paix, vont dépoſer les armes.
Leur vainqueur ici même eſt prêt à revenir :
Voilà ſur quels ſujets il faut m'entretenir.

JULIETTE.

Flavie, eh crois-tu donc qu'il me ſoit ſi facile,
D'adorer mon amant avec un cœur tranquille?
Tu ſais dans notre amour, quels obſtacles nombreux
Ecartent loin de nous tout eſpoir d'être heureux.
Mon pere, en Dolvédo, n'honore & n'enviſage
Qu'un guerrier parvenu, fameux par ſon courage.
Non qu'à tant de vertus il ne ſoit attaché;
Mais c'eſt du ſang ſur-tout, du nom qu'il eſt touché.
Senſible aux grands exploits d'un Héros magnanime,
Il le chérit ſans doute, Il le vante, il l'eſtime;
Mais comment un mortel, ſans parens, ſans appui,
Prétendroit-il jamais à s'allier à lui?

FLAVIE.

Ce généreux Guerrier n'a donc point ſu connoître
Ni quels ſont ſes parens, ni quel ſang l'a fait naître.
Faut-il qu'en le formant le ſort injurieux,
Dans un rang qu'on dédaigne ait caché ſes ayeux?
Ah! ſi du moins l'éclat d'une origine illuſtre
A tant d'heureux exploits prêtoit un nouveau luſtre!
Si le Ciel eût permis qu'un Héros ſi vanté,
Fut né dans la grandeur & la proſpérité!
Il auroit dû ſortir du ſang le plus auguſte.

JULIETTE.

Et ſi le Ciel, Flavie, eût été moins injuſte.
S'il eût....

FLAVIE.

Quoi!

JULIETTE.

Sur ton cœur je peux me confier,

Et

Et le mien devant toi va s'ouvrir tout entier.

FLAVIE.

Parlez.

JULIETTE.

Ce Dolvédo qui m'aime, que j'adore;
Que Ferdinand chérit, que tout Véronne honore. . .

FLAVIE.

Hébien!

JULIETTE.

C'eſt Roméo.

FLAVIE.

Qu'ai-je entendu? c'eſt lui!
Lui du plus noble ſang l'eſpérance & l'appui;
Le fils de Montaigu, de ce vertueux pere,
A qui l'inimitié fut toujours étrangere;
Citoyen généreux, qui dans ſa faction,
Loin d'attiſer la haine & la diviſion,
Condamnoit ſes fureurs, & jamais d'aucun crime
Ne ſouilla, ni ſa main, ni ſon cœur magnanime;
Et qui depuis vingt ans trop vainement cherché,
Dans quelqu'aſyle obſcur pour jamais s'eſt caché.

JULIETTE.

Hélas! loin des mortels, de ſes fils en ſilence,
Dans ſes champs vertueux, il cultivoit l'enfance,
Lorſque pour l'en priver de coupables brigands
Entreprirent deux fois d'enlever ſes enfans.
Roger les ſuſcitoit, Roger qui de mon pere
N'auroit jamais, hélas, mérité d'être frere.
Montaigu combattant contre ces inhumains,
Arracha Roméo de leurs ſanglantes mains.
Prodigue envers ſon fils des ſoins de la nature,
Il avoit vu déja ſe fermer ſa bleſſure,
Quand de ces vils brigands l'effort inattendu
Ravit enfin ce fils vainement défendu.
Ce pere alla cacher, après ce coup funeſte,
De ſon ſang pourſuivi le déplorable reſte.
Il déſerta nos bords, de ſa perte indigné;
Et de ſes autres fils, fuyant accompagné,
Il emmena Renaud, Raymond, Dolcé, Severe,

Qui tous pleuroient la mort de Roméo leur frere.
Depuis dans nos Etats, il n'eſt point revenu.
Roméo cependant, ſans aſyle, inconnu,
Echappé, mais errant, jouet de la miſere,
Fut reçu par pitié dans les bras de mon pere.
Capulet, tu le ſais, porte un cœur généreux,
Il adopta ſans peine un enfant malheureux.
Moi-même, à ſon aſpect, je ſentis dans mon ame
Un trouble avant-coureur de ma naiſſante flamme.
C'eſt moi qui ſur ſon ſort prompte à l'interroger,
De ſon nom trop fameux compris tout le danger.
Il connut ſon péril. J'exigeai, par prudence,
Que ſous un nom vulgaire il cachât ſa naiſſance.
Que te dirais-je enfin? Par ſon bonheur ſauvé,
Il fut dans ce Palais avec nous élevé.
Le vaillant Albéric & Thébaldo mon frere
S'uniſſoient avec lui d'une amitié ſincere.
Ce n'étoit point aſſez. Le penchant le plus doux,
Le beſoin de nous voir l'enchaîna parmi nous.
Oui, je m'applaudiſſois d'avoir en ma puiſſance
Son ame, ſes deſtins, ſes vœux, ſon eſpérance.
Je rendois grace au ſort, je rendois grace aux lieux,
Où mon Amant caché s'élevoit ſous mes yeux.
Pourquoi, diſois-je, hélas! déplorant nos miſeres,
Le Ciel qui joint nos cœurs, diviſa-t-il nos peres?
Qui ſait ſi ſa bonté, pour les fléchir un jour,
N'a pas dans ſes projets fait entrer notre amour?
S'il ne l'a pas permis, s'il ne l'a pas fait naître
Pour calmer des fureurs qui ceſſeront peut-être:
Tant les mortels ſouvent, dans leur marche incertains,
Sont pouſſés par eux-mêmes à remplir leurs deſtins?

FLAVIE.

Mais ſi (le ſort ſouvent par ſes jeux nous étonne,)
Ce Vieillard récemment arrivé dans Véronne,
Etoit ce Montaigu, ce pere infortuné,
Qu'un ſort inexpliquable eût ici ramené;
Si d'un fils qu'il croit mort voyant la cicatrice,
Il l'alloit reconnoître à ce fidele indice!

JULIETTE.

Flavie, ah! que dis-tu?

FLAVIE.

Madame, en ce moment,
J'en conçois malgré moi l'heureux pressentiment.
Voyez dès lors quel champ s'ouvre à votre espérance;
Roméo reprenant les droits de sa naissance;
Votre pere & le sien, ces rivaux généreux,
Unissant leur maison par votre hymen heureux
Et pour jamais enfin votre auguste alliance
De leurs sanglans débats étouffant la sémence.

JULIETTE.

Ah! que mon cœur charmé saisiroit ardemment
L'espoir inattendu d'épouser mon Amant!
Mais quand je te croirois, quand ce vieillard austere,
Seroit de Roméo le déplorable pere,
Qu'attendre d'un mortel qu'un horrible dessein
Semble avoir fait sortir des bois de l'Apennin;
Qui, peut-être irrité par quelqu'énorme crime,
Descend du haut des monts pour chercher sa victime,
Et calme en apparence, en effet furieux,
Amene, à pas tardifs, la vengeance en ces lieux.
Je ne sais, mais je tremble à cet affreux présage.

FLAVIE.

Et quel sujet, Madame, exciteroit sa rage?
De quel haine encor sera-t-il animé,
En retrouvant un fils si tendrement aimé?

JULIETTE.

Mais de mon pere, hélas! si le barbare frere
Avoit sur ce vieillard épuisé sa colere:
Car enfin c'est lui seul qui paya des brigands
Pour perdre Montaigu, pour ravir ses enfans.
S'il l'eût avec adresse observé dans sa fuite!
S'il se fut attaché pour jamais à sa suite!
Si cachant sa vengeance, & lent dans sa fureur,
D'un forfait sans exemple il eût conçu l'horreur!
J'ignore ses complots; mais on sait que dans Pise
Du Prince à ses desirs l'ame étoit toute acquise,
Son art d'un tel crédit savoit se prévaloir;
Et pour commettre un crime, il n'avoit qu'à vouloir.
Depuis plus de vingt ans, il a quitté la vie.
Le sang nous unissoit, mais entre nous, Flavie,

Je sentois, jeune encore, un invincible effroi,
A son perfide aspect, me saisir malgré moi.
Je ne sais quel instinct, naturel à l'enfance,
D'un monstre, en le voyant, m'annonçoit la présence.
Mon cœur en frémissant se détournoit de lui;
Et son idée encore m'importune aujourd'hui.
Que je hais sa mémoire!

FLAVIE.

Oui, je le vois, Madame,
Un vain pressentiment avoit séduit mon ame.
Si le sort eut conduit Montaigu dans ces lieux,
Par un autre appareil il frapperoit nos yeux.
Il n'auroit pas pour suite un mortel méprisable.
De ses destins obscurs compagnon déplorable.
Il soutiendroit le rang dans lequel il est né;
Ses fils, sur-tout, ses fils l'auroient accompagné.
Je me trompois.

JULIETTE.

Crois-moi, ma plus douce espérance
Est de voir Roméo, de l'aimer en silence.
Si le Comte Pâris prétendit à ma foi,
Son amour dédaigné n'attend plus rien de moi.
Jaloux de sa grandeur, mon trop superbe pere
A fondé son espoir sur l'hymen de mon frere.
Ah! qu'il voie en son fils renaître sa maison.
Que Thébaldo soutienne, & son rang & son nom.
Moi, je ne veux qu'aimer. O ma chere Flavie!
A quels feux enchanteurs mon ame est asservie!
Que Roméo m'est cher! oui, nos cœurs étoient nés
Pour vivre & pour mourir l'un à l'autre enchaînés.
Pourquoi.... mais libre au moins dans le sort qui m'opprime,
Je puis le voir encore, & l'adorer sans crime.
Qu'il l'a bien mérité! Que ses nobles exploits
Ont bien dans les combats justifié mon choix!
Il y portoit par-tout sa flamme & mon image.
J'admirois en tremblant sa gloire & son courage.
Eh! que sont près de lui tous les autres guerriers?
On me doit sa valeur, on me doit ses lauriers.
Sans moi, sans mon amour, il eût moins fait peut-être.

Mais on vient, laiſſe-moi; ſans doute il va paroître.
Je le vois.. (*Flavie ſort.*)

SCENE II.

ROMEO, JULIETTE.

Des ſoldats portant des drapeaux.

ROMEO *aux ſoldats.*

Compagnons de mes heureux travaux,
Entrez, dans ce Palais dépoſez ces drapeaux.
Ferdinand m'a permis, pour prix de ma victoire,
D'offrir à Capulet ces marques de ma gloire.
Il ſuffit. (*Les ſoldats poſent les drapeaux & ſe retirent.*)
(*à Juliette.*)
Je puis donc content & glorieux,
Madame, avec tranſport reparoître à vos yeux.
Mais quel autre courage enflammé par vos charmes,
N'eut pas porté plus loin la ſplendeur de nos armes?
Vos ſouhaits, mon bonheur, l'amour m'a ſoutenu.
Pouvois-je, aimé de vous, demeurer inconnu?
Etonné de mon ſort, ſans l'être de ma gloire,
J'ai toujours ſans orgueil compté ſur la victoire.
Mais quand j'aurois rangé l'Univers ſous ma loi,
Que le prix de ma flamme eſt encor loin de moi!

JULIETTE.

Nos feux ſont, il eſt vrai, troublés par des allarmes;
Mais enfin tel qu'il eſt, notre état a ſes charmes.
Compteriez-vous pour rien ces entretiens ſi doux,
Ce plaiſir de nous voir, toujours nouveau pour nous;
Ce concert de deux cœurs nés pour ſouffrir enſemble,
Que leur malheur unit, qu'un même lieu raſſemble,
Remplis d'un feu charmant par le ſort combattu,
Mais accordant du moins l'amour & la vertu?
Fille de Capulet, qui l'eût dit que mon ame
Du fils de Montaigu partageroit la flamme;
De ſes plus jeunes ans, que mon pere au beſoin,

Lui-même, à son insçu, devoit prendre le soin?
Ne te crois pas pourtant né d'un sang que j'abhorre;
Je naquis Montaigu, puisque mon cœur t'adore.
Voilà le sentiment qui doit seul t'occuper.

ROMEO.

Un effroi cependant vient toujours me frapper;
Je t'aime Juliette, & comment sans allarmes,
Dans tes regards touchans, voir briller tant de charmes?
Crois-tu donc, pour sentir leurs traits victorieux,
Que Roméo lui seul ait un cœur & des yeux?
Si Capulet, hélas! (je crains ma destinée)
Te proposoit bientôt un fatal hymenée,
S'il alloit t'opposer un barbare devoir:
Je connois de tes pleurs l'invincible pouvoir,
C'est à toi, Juliette, à déployer leurs charmes;
Il t'aime, il est ton pere, il te rendra les armes.
Daigneras-tu pour lors me prouver ton amour?
Mais je le vois.

SCENE III.

CAPULET, ROMEO, JULIETTE.

ROMEO.

Souffrez que dans cet heureux jour,
De ces drapeaux, Seigneur, vous présentant l'hommage,
Je m'honore à vos yeux du prix de mon courage.
Formé sur votre exemple, élevé par vos soins....

CAPULET.

De ta haute valeur je n'attendois pas moins.
J'ai vu ton bras vainqueur répandant l'épouvante,
Porter par-tout la mort & remplir mon attente.
Je connois la vertu d'un cœur tel que le tien.
Sois témoin, tu le peux, de tout notre entretien.

(*à Juliette.*)

Ma fille, il en est temps; je viens pour vous apprendre.

Que le Comte Pâris va devenir mon gendre.
Sans doute il en eſt digne; & le Ciel dès demain
Lui verra pour jamais engager votre main.
J'ai tout conſidéré : l'intérêt, la naiſſance,
L'ineſtimable prix d'une illuſtre alliance.
Vous ſavez vos devoirs, j'ai promis; & je crois
Qu'il ne vous reſte plus que d'accepter mon choix.

JULIETTE.

Seigneur, j'avois penſé qu'en liſant dans mon ame,
Le Comte avoit éteint ſon eſpoir & ſa flamme.
Comment croire en effet qu'un mortel généreux
Dût briguer un hymen contraire à tous mes vœux?
Quel eſt donc cet amour qui contre moi d'avance
S'eſt armé du devoir de mon obéiſſance?
Ah! Seigneur, cet hymen, ou plutôt mon trépas,
Je connois vos bontés, ne s'achevera pas.
Non, vous ne voudrez point immoler votre fille.

CAPULET.

Je veux contre le ſort affermir ma famille.
Vous ſavez les forfaits & les ſéditions
Qu'ont produit juſqu'ici nos triſtes factions:
Si Roger par ſa mort, ſi par ſa longue abſence
Montaigu, parmi nous, appaiſa la vengeance;
Ces haines de parti, l'orgueil, la cruauté,
Quoiqu'avec moins d'excès, ont pourtant éclaté.
Le temps qui détruit tout, n'a pas détruit leur cauſe.
Dans ſon gouffre aſſoupi, c'eſt un feu qui repoſe.
Bientôt, ſi je m'en crois, ce Volcan furieux,
D'horreurs & d'attentats couvrira tous ces lieux.
D'un grand malheur prochain je ne ſais quel augure
Dans mon cœur attriſté fait gémir la Nature.
Déja les Montaigus ſe concertent entr'eux.
Obſcurs avant-coureurs de quelqu'orage affreux.
D'incroyables récits, des bruits ſourds ſe répandent.
J'ignore encor, ma fille, où leurs deſſeins prétendent.
L'hymen de leurs complots détachant votre époux,
Nous acquiert ſes amis, & va l'armer pour nous.
Dans mon parti nombreux cette utile alliance
Fixera la faveur, le crédit, la puiſſance;
Et nos rivaux ſoumis, ma maiſon déformais
Va rendre à tout l'Etat ſa ſplendeur & ſa paix.

JULIETTE.

Comptant sur mon respect, sur mon obéissance
Vous n'avez pas, Seigneur, prévu ma résistance.
Si j'osois cependant pour la derniere fois
Elever jusqu'à vous une timide voix,
Je vous dirai, Seigneur, qu'à l'Autel entraînée,
Je vois avec horreur ce fatal hymenée;
Que le trépas présent seroit moins dur pour moi
Que l'aspect d'un époux qui vient forcer ma foi,
A qui je promettrois dans mon ame infidelle,
Au lieu de mon amour, une haine éternelle.
Seigneur, voilà quels sont mes secrets sentimens.
Pour unir deux époux, le Ciel veut leurs sermens.
Je frémirai pour vous du crime involontaire
Qu'en attestant ce Ciel vous seul m'aurez fait faire.
Pourrez-vous, m'arrachant de ce sein paternel,
Me voir, d'un pas tremblant, avancer à l'Autel?
Le bonheur d'une femme est-il si peu de chose
Que d'elle & de son sort au hazard on dispose?
Je sais quels sont vos droits, je les connois trop bien;
Mais notre cœur lui seul est-il compté pour rien?
Mon frere dès ce jour, par un hymen illustre,
De votre auguste nom doit soutenir le lustre.
Laissez-moi, pour partage, heureuse auprès de vous,
Couler des jours obscurs, sans chaîne & sans époux.
Pour rompre un triste hymen, objet de mes allarmes,
Vous avez vu mes pleurs: je n'ai point d'autres armes.
Ordonnez de ma vie, & daignez me montrer
Que c'est un pere, hélas! que je viens d'implorer.

CAPULET.

Rien ne peut différer cet hymen nécessaire.
Obéissez

JULIETTE.

Seigneur.....

CAPULET.

Quoi! ma fille!...

JULIETTE.

Ah! mon pere!
Ainsi sans être ému vous regardez mes pleurs.

CAPULET.

Crois-tu que je me plaise à causer tes malheurs?

Sous

Sous un ciel plus heureux, dans des temps moins contraires,
J'aurois déja sans doute exaucé tes prieres;
Mais je vois en tremblant que nos deux factions
Vont ranimer leur rage & leurs divisions.
Il en est temps encor : que ton hymen prévienne
Les malheurs de l'Etat, le sauve & nous soutienne.
Faut-il te rappeller les forfaits odieux
Dont nos cruels débats ont désolé ces lieux :
Ces massacres publics, cette horrible licence,
Qui par bonheur du moins précéda ta naissance;
De leur juste pouvoir nos Ducs dépossédés;
Nos Palais pleins de morts, brûlans & ravagés;
Le rapt, l'assassinat devenus légitimes;
Tous les moyens permis, dès qu'ils servoient aux crimes
Nos partis re aissans tour-à-tour terrassés;
Pour les tristes vaincus les échaffauts dressés;
Leurs fils placés pres d'eux pour voir mourir leurs peres;
Des enfans poignardés en embrassant leurs meres,
Du sommet de nos tours les uns précipités;
Les autres dans les flots par l'Adige emportés,
Le poison plus affreux dévastant les familles;
Des vieillards, poursuivis & livrés par leurs filles;
Nos remparts démolis, nos temples enflammés;
Deux mille citoyens dans les feux consumés,
Et tout ce que jamais la vengeance en furie
Aux mortels étonnés fit voir de barbarie.
Voilà tous les malheurs que tu dois prévenir.
Attendrai-je en repos que tout prêts à s'unir,
Les Montaigus.. .

ROMEO.

Seigneur, qu'ils s'unissent ensemble.
Quel que soit leur complot, il n'a rien dont je tremble.

(*montrant les drapeaux.*)

Vous voyez devant vous ces drapeaux glorieux,
Que de ce bras vainqueur j'emportai sous vos yeux.
Si pour servir l'Etat j'osai tout entreprendre,
Quels ennemis craindrai-je, armé pour vous défendre?
Avant qu'un d'eux immole ou Juliette ou vous,
J'aurai péri cent fois accablé sous les coups.

CAPULET.

De cette noble ardeur que j'aime à voir l'ivresse!
J'y reconnois empreint le feu de ma jeunesse.
Mais crois-moi, Dolvédo: pour voir, pour juger mieux,
La prudence & le temps m'ont trop ouvert les yeux.
L'Etat & Ferdinand te doivent leur victoire:
Etouffant nos débats, mets le comble à ta gloire.
Par tes sages conseils en fécondant mes vœux,
Réduis enfin ma fille à l'hymen que je veux.
Fais-lui de cet hymen sentir tout l'avantage.
Pour immoler son cœur donne-lui ton courage.
Parle, entraîne son choix. Moi, je cours m'informer
D'un secret important qui nous doit allarmer. (*Il sort.*)

SCENE IV.

ROMEO, JULIETTE.

ROMEO.

Ainsi donc c'est trop peu de perdre ce que j'aime,
Il faut qu'à me trahir je vous porte moi-même;
Qu'en faveur d'un rival je déploie à vos yeux
D'un hymen qui nous perd l'avantage odieux.
Ah! plutôt ma fureur, sur ce rival barbare,
Me vengera bientôt du coup qui nous sépare!
Avant que dans vos bras....

JULIETTE.

Seigneur, par ce transport
Croyez-vous adoucir ou changer notre sort?
Que nous servira-t-il...

ROMEO.

Vous n'avez pas su dire
Ce qu'en de tels momens l'extrême amour inspire.
Votre bouche & vos pleurs ont parlé foiblement?
Que n'aviez-vous alors le cœur de votre amant?
A votre place, ô Ciel!

JULIETTE.

Et que falloit-il faire?

Ais-je dû m'oppofer aux volontés d'un pere?
Ses droits......

ROMEO.

Ses droits, Madame! & quoi donc nos parens
Sont-ils nos défenfeurs, ou font-ils nos tyrans?
A quel titre ofent-ils, difpofant de nous-mêmes,
S'arroger fur nos cœurs l'autorité fuprême?
Et qui de nos penchans doit juger mieux que nous?
C'eft l'orgueil offenfé qui produit leur courroux.
Ces cruels.....

JULIETTE.

Ah! Seigneur, l'excès de votre flamme
Sans doute en ce moment vient d'égarer votre ame.
Vous fuivez la douleur d'un premier mouvement,
Erreur trop pardonnable aux tranfports d'un Amant.
Penfez-vous qu'il foit libre aux enfans téméraires
De s'unir aux Autels, fans l'aveu de leurs peres?
Ah! de nous rendre heureux ces bienfaiteurs jaloux,
Mieux que nos paffions, favent juger pour nous.
Pour nous fur l'avenir le paffé les éclaire,
On peut feindre l'amour, leur tendreffe eft fincere;
Et ce pouvoir fi grand, reftraint par leur bonté,
Songeons à tous leurs foins, ils l'ont bien acheté.
Mais, que dis-je?.. Seigneur, votre ame impétueufe,
Trop prompte à s'enflammer, n'eft pas moins vertueufe
Confidérez plutôt....

ROMEO.

Ainfi vous excufés,
La main par qui nos nœuds font à jamais brifés.

JULIETTE.

Je gémis comme vous, mais comment vous entendre
Accufer devant moi le pere le plus tendre?
N'avez-vous pas fenti combien fa fermeté,
Même en me condamnant, coûtoit à fa bonté?
Quel reproche après tout avons nous à lui faire?
De nos feux innocens connoit-il le myftere?
Il me traîne à l'Autel, mais s'il m'y faut aller,
Ce n'eft qu'à l'Etat feul qu'il me peut immoler,
Son ame.....

ROMEO.

Il eſt trop vrai, j'avois tort de me plaindre.
Vous-même à cet effort, vous devez vous contraindre.
Quoi! demain mon rival deviendra votre époux?
Et moi, né Montaigu, moi qui vivois pour vous,
Qui tantôt même ici, content, couvert de gloire,
Dépoſois à vos pieds mon cœur & ma victoire;
Je verrai donc, ô Ciel! un rival odieux
Ravir tout mon bonheur, en jouir à mes yeux;
Conquérir lâchement un objet plein de charmes,
Acquis par mes exploits, mérité par mes larmes!
Oui, Madame, il eſt vrai: mon cœur déſeſpéré,
Dans de pareils malheurs, n'eſt pas ſi modéré:
Je ſens ce que je perds, je vois ce que l'on m'ôte:
Vous exercez ſans doute une vertu plus haute.
Votre triomphe eſt grand, j'en conviens; mais je croi
Que vous pouviez ſans honte en gémir avec moi.

JULIETTE.

Arrête, Romeo; connois mieux Juliette,
Tu crois que je jouis d'une paix ſi parfaite?
Regarde...

ROMEO.

Eh! quoi! tes pleurs...

JULIETTE.

Je voulois les cacher;
Mon cœur les retenoit, tu les viens d'arracher.
Ah! ſans bleſſer l'honneur, ſi le ſort qui m'outrage
M'eut réduite à montrer ma flamme & mon courage,
Va, j'aurois ſu pour toi les prouver à mon tour.
J'ai moins d'emportement, ingrat, j'ai plus d'amour.
De ce dernier moment goûtons au moins les charmes,
Mêlons en nous quittant nos douleurs & nos larmes,
Et ſois sûr que ce cœur, où toi ſeul as régné,
Par aucune autre ardeur ne ſera profané.

ROMEO.

Juliette....

JULIETTE.

O regrets!

ROMEO.

Tu vas m'être étrangere.

JULIETTE.

Je m'immole à l'Etat, j'obéis à mon pere.

ROMEO.

Je vais donc renoncer au bonheur de te voir.

JULIETTE.

La mort viendra bientôt abréger mon devoir.

SCENE V.

ROMEO, JULIETTE, ALBERIC.

ROMEO.

C'Eſt-toi, cher Albéric,

ALBERIC.

Ami, je viens t'apprendre
Un ſecret important qui doit tous nous ſurprendre.
Ce Vieillard ſans aſyle, arrivé dans ces lieux,
Qu'on cachoit avec ſoin, qui fuyoit tous les yeux,
On ſait ſon nom, ſon ſort, ce n'eſt plus un myſtere,
C'eſt Montaigu.

JULIETTE.

Qu'entends-je?

ALBERIC.

Oui : lui-même.

ROMEO.

Mon pere!
Ah! je cours à l'inſtant embraſſer ſes genoux.

JULIETTE.

Modérez ce tranſport.

ALBERIC.

On dit que contre nous
Ses amis en ſecret à la haine s'excitent,
Que le Comte Paris qu'ils preſſent, qu'ils invitent,
Craignant de leur déplaire, ou regagné par eux,
Veut rompre ſon hymen, ou différer ſes nœuds.

ROMEO.

O joie! ô doux espoir! nouvelle inattendue!
A ma flamme, à mes vœux, quoi! vous seriez rendue!
Madame, se peut-il.....

JULIETTE.

Employons ces momens
A nous bien consulter sur ces événemens.
Votre pere aujourd'hui ne doit plus vous connoître;
A ses regards pourtant veuillez ne point paroître.
Il le faut, je le veux, je vous en fais la loi.
Si vous m'aimez encor, ne tentez rien sans moi.

Fin du prémier Acte.

ACTE II.

SCENE PREMIERE.

ROMEO, JULIETTE.

ROMEO.

Oui, Ferdinand, Madame, exauçant mes prieres,
Veut réconcilier nos maisons & nos peres.
Il prévient leur querelle, il veut voir à jamais
Régner dans ses États la concorde & la paix.
Il doit venir ici, Montaigu doit s'y rendre.
Et si ce doux espoir ne vient point me surprendre,
Sa tentative adroite & ses efforts heureux
Réuniront bientôt ces vieillards généreux.
D'un si grand changement j'ai conçu l'espérance;
Mais sitôt qu'à nos yeux leurs cœurs d'intelligence
Auront éteint leur haine, abjuré leur courroux,
Dans ce même moment, je tombe à leurs genoux.
De ma naissance alors j'éclaircis le mystere.
On saura qui je suis, j'embrasserai mon pere.
De notre hymen sacré les infaillibles nœuds
Confrondront leurs maisons, leurs intérêts, leurs vœux.
Mais quelque sentiment de crainte & de tristesse
Vient se mêler pourtant à ma vive allégresse.
En sortant d'avec toi, sans l'avoir pu prévoir,
De mon pere, un instant, le hazard m'a fait voir.
Il ne m'a point connu. Le temps sur son visage
A tracé ses sillons, a gravé son outrage.
Son état déplorable annonçoit ses malheurs,
Et ses cheveux blanchis ont fait couler mes pleurs.
Quel effroyable sort a comblé ses miseres?
Je tremble à m'éclaircir du destin de mes freres.

Mais en me retrouvant, son cœur trop enchanté
Consentira sans peine à ma félicité.
A notre amour enfin, le Ciel n'est plus contraire.

JULIETTE.

Pourrois-je, Roméo, te faire une priere?

ROMEO.

Une priere, ô Ciel! Ah! connois mieux tes droits,
Et donne à ton Amant tes souveraines loix.

JULIETTE.

Tu vas voir Montaigu : ton ame en sa présence,
Des doux effets du sang sentira la puissance.
Il ne faut qu'un moment : dans un premier transport
Tu lui déclarerois ta naissance & ton sort.
Et s'il nous conservoit une haine éternelle,
Aux vœux de Ferdinand s'il se montroit rebelle,
Reconnu pour son fils, ton devoir contre nous
Te forceroit alors d'embrasser son courroux.
S'il se rend, sois son fils & reprends ta naissance;
Mais s'il ne se rend pas, garde encor le silence.
Peux-tu me le promettre?

ROMEO.

Oui.

JULIETTE.

Si dans ce moment
Ton amour dans mes mains en prêtoit le serment.

ROMEO.

Je jure par mes feux, par toi, par Juliette,
D'exécuter ton ordre & la loi qui m'est faite.
Puisse ce Ciel vengeur, si j'enfreins cette loi,
Porter à mon rival ta tendresse & ta foi!

JULIETTE.

Il suffit. Mais on vient : c'est le Duc & mon pere.

SCENE

SCENE II.

FERDINAND, CAPULET, ROMEO, JULIETTE.

Gardes de Ferdinand, Courtisans qui sont à sa suite.

FERDINAND, *à Capulet.*

HE bien ! de Montaigu vous voyez la misere.
C'est à vous Capulet, à savoir aujourd'hui,
Respecter ses malheurs & fléchir devant lui.
Dans quel état, ô Ciel! il arrive à Véronne!

CAPULET.

J'ai pitié de ses maux, & son malheur m'étonne.
Mais aussi j'ai mes droits, & loin de lui céder....

FERDINAND.

Nous ignorons encor ce qu'il peut demander.
Comparez vos destins: vous voyez une fille,
Un fils, votre héritier, l'appui de sa famille,
Tout prêts par leur hymen, préparé sous vos yeux,
A soutenir l'éclat de leur nom glorieux.
Que Montaigu du moins vous apprenne à connoître,
Que le plus grand bonheur peut bientôt disparoître.
Mais je l'entends.

SCENE III.

FERDINAND, MONTAIGU, CAPULET.
ROMEO, JULIETTE.

Gardes de Ferdinand, Courtiſans qui ſont à ſa ſuite, Officiers qui conduiſent & accompagnent Montaigu.

MONTAIGU.

(*Aux Officiers qui le conduiſent.*)

CRuels! où veux-t-on m'entraîner?
Qui m'appelle en ces lieux? Qui m'y fait amener?
(*à Ferdinand.*)
Qui vois-je?

FERDINAND.

Votre Duc. Craignez-vous ſa préſence?
Je n'ai point envers vous uſé de violence.
Je vous ai, comme ami, mandé dans ce Palais,
Pour prévenir la guerre avec les Capulets.

MONTAIGU.

Les Capulets! O Ciel!

FERDINAND.

Quel tranſport vous agite!
Pourriez-vous ſeulement diſtinguer dans ma ſuite
Quel eſt ce ſang fatal contre vous animé?

MONTAIGU, *montrant Capulet.*

C'eſt lui; voilà l'objet que ma haine a nommé.

CAPULET.

A ta haine en effet tu m'as dû reconnoître;
Mais la mienne à ſon tour prend plaiſir à paroître,
Et s'il faut...

FERDINAND, *à Capulet.*

Capulet, à quoi ſert ce courroux?
(*à Montaigu.*)
Montaigu, répondez. Hé! comment viviez-vous?

Au sein des bois caché, ce sort triste & sauvage
D'un Héros tel que vous, étoit-il le partage ?
Vous avez donc quitté mes Etats sans regrets ?

MONTAIGU.

Crois-tu qu'il soit si dur d'habiter les forêts ?

FERDINAND.

Mais né dans la grandeur, dans l'éclat où nous sommes,
Quel charme y trouviez-vous ?

MONTAIGU.

De n'y plus voir des hommes.

FERDINAND.

Leur aspect est-il fait pour offenser nos yeux ?

MONTAIGU.

Tu les aimeras moins en les connoissant mieux.

FERDINAND.

Ces bois vous exposoient à leur féroce outrage.

MONTAIGU.

C'est à la Cour des Rois qu'il faut craindre leur rage.

FERDINAND.

Et vos enfans....

MONTAIGU.

Arrête, & rompt cet entretien.

FERDINAND.

Ont-ils un sûr azile ?

MONTAIGU.

Ils n'appréhendent rien.

FERDINAND.

Leur sort....

MONTAIGU.

Je te l'ai dit, laisse là ce mystere.

FERDINAND.

Je respecte un secret que vous voulez me taire.
Mais puis-je sans douleur, sans être épouvanté,
Voir Montaigu languir dans cette adversité ?
Reprenez votre éclat, votre rang, votre gloire.

MONTAIGU.

Je n'en ai plus besoin.

FERDINAND.

O Ciel! Que dois-je croire?
D'où vient ce désespoir dans votre esprit troublé?

MONTAIGU.

Du malheur.

FERDINAND.

(*à part.*)

De quels traits je le vois accablé!

(*haut.*)

Quel sort! dans mon Palais, oubliant tout le reste,
Dissipez par degrés un chagrin si funeste.
Pour vous les Capulets n'ont plus d'inimitié.

CAPULET.

Pourrois-je à ses malheurs refuser la pitié?

MONTAIGU.

La pitié! toi! Grand Dieu! si c'est là mon partage,
Rends-moi plutôt cent fois leur haine & leur outrage,

CAPULET.

Il pourroit t'exaucer.

MONTAIGU.

C'est là ce que je veux,
En me laissant en paix tu trahirois mes vœux.
Entre nos deux maisons la guerre est éternelle.

CAPULET.

Nous verrons qui des deux aura le sort pour elle.

MONTAIGU.

Ce n'est pas la victoire où tendent mes desirs;
Mais à t'ouvrir le flanc, je mettrai mes plaisirs.

CAPULET.

Va, plus hardi que toi, plus cruel...

MONTAIGU.

Tu peux l'être?

CAPULET.

Mon parti regne ici.

MONTAIGU.

Le mien t'attend peut-être.

CAPULET.

Il suffit.

MONTAIGU.

A ton choix.

FERDINAND.

Hé quoi ! c'est sous mes yeux
Qu'éclatent sans respect vos transports odieux ?
C'est ici, devant moi, qu'une égale furie
Vous pousse à déchirer le sein de la patrie.
Quel est donc l'ennemi qui nous vient attaquer ?
Quels forts dois-je munir ? Quel poste ai-je à marquer ?
C'est vous qui dans Véronne armés par la vengeance,
Rompez le frein sacré de toute obéissance,
Et qui, pour votre orgueil, chacun dans vos projets,
A la guerre civile entraînez mes sujets !
Que me font ces lauriers moissonnés à la guerre,
Si vous perdez l'Etat dont le Ciel m'a fait pere ?
Ah ! n'êtes-vous point las avec un cœur si grand,
D'ouvrir tant de tombeaux, de verser tant de sang.
Capulet.... Montaigu.... Sachez mieux vous connoître.
Ayez quelque pitié du lieu qui vous vit naître.
Je ne vous parle ici que comme un citoyen.
Mon peuple est tout pour moi ; ma grandeur ne m'est rien.

ROMEO, *à Montaigu.*

Ah ! Seigneur, calmez-vous, & chassez tout ombrage.
L'infortune a sans doute aigri votre courage.
Sans haine & sans péril goûtez un sort plus doux.
Votre esprit appaisé nous réunira tous.
Capulet vous estime, & mon cœur vous révere.
J'aurai pour vous l'amour qu'un fils porte à son pere.

JULIETTE.

Et moi je puis, Seigneur, jurer à vos genoux,
Que la discorde enfin va cesser entre nous ;
Et que mon pere ici, s'il a pu vous déplaire,
Plus qu'une injuste haine a suivi sa colere.

FERDINAND.

Malgré vous, Montaigu, je vois couler vos pleurs ;

MONTAIGU.

Oui; je pleure à la fois de rage & de douleur.
Voilà sa fille.

FERDINAND.

Hé bien!... Venez, daignez me suivre.

ROMEO.

Oubliez vos chagrins.

JULIETTE.

Et consentez à vivre.

MONTAIGU.

Je vivrois!

FERDINAND.

Quel motif vous en doit empêcher?

ROMEO.

Pourquoi le taire, hélas!

JULIETTE.

Pourquoi nous le cacher?

FERDINAND.

Apprenez-moi....

MONTAIGU, (*en mettant la main sur son sein.*)

C'est là que ma douleur repose.
Jamais, jamais mortel n'en connoîtra la cause.

FERDINAND.

Furieux!

MONTAIGU.

Je le suis; ne crois pas m'appaiser.
Je hais: tu dois tout craindre, & je puis tout oser.
Ta Cour, tes Capulets, ton aspect m'importune.
Mes transports, graces au Ciel, passent mon infortune.

(*En montrant Capulet.*)

Oui: puisqu'à mon souhait, mon cœur peut le hair,
Ce cœur désespéré se plaît à le sentir.

(*Au Duc.*)

Va, porte ailleurs tes vœux, ta faveur, ton estime
Mais crains dans ta grandeur qu'on ne t'entraîne au crime.
Dans ton rang, malgré soi, l'on est souvent trompé.

Par vos ordres surpris l'innocent est frappé.
Je ne t'en dis pas plus. Je demeure à Véronne.
J'y traîne avec plaisir l'horreur qui m'environne,
Et ma haine, & ma rage, & la mort, & l'effroi.
Puisse aussi mon destin s'appesantir sur toi!
Pour tous les Capulets, Ciel! invente un supplice
Qui les comprenne tous, dont ma douleur jouisse;
Que ta fureur sur eux servant mon désespoir,
Paroisse avoir été par-delà ton pouvoir.

FERDINAND.

Holà, Gardes, à moi.

ROMEO.

Seigneur, qu'allez-vous faire?

JULIETTE.

Voyez ses cheveux blancs, respectez sa misere.

FERDINAND, *aux Gardes.*

Il suffit: j'ai parlé.

MONTAIGU.

Cruels! n'avancez pas.
Ou dans l'instant plutôt donnez-moi le trépas.

FERDINAND.

(*aux Gardes.*) (*à Capulet & à Montaigu*)
Qu'on le garde avec soin. Vous avez cru peut-être,
Que j'aurois quelque peine à vous parler en maître.
Je connois les complots que je dois prévenir;
Et mon pouvoir encor suffit pour vous punir.
Ici pour un moment, Gardes qu'on le retienne.
Il pourra me fléchir, qu'à lui-même il revienne.
Mais ce moment passé, respecté dans ma Cour,
Quelque soit son parti, qu'on l'entraîne à la Tour.

MONTAIGU.

A la Tour! sous mes pas, terre, entrouve un abîme!
(*au Duc.*)
J'irai; mais tremble encor en frappant ta victime.
(*Capulet sort.*)

FERDINAND

Gardes, vous lui rendrez le respect & l'honneur,
Qu'on doit à la vieillesse, & sur-tout au malheur.

ROMEO.

Ah! par grace, Seigneur, permettez que je reste
Auprès de ce vieillard en cet instant funeste.

FERDINAND.

J'y consens, demeurez.

SCENE IV.

MONTAIGU, ROMEO.

ROMEO.

Souffrez à vos genoux.
Que j'ose avec respect vous attendrir pour vous,
Que de vos longs chagrins plus touché que vous-même,
Je m'empresse à calmer leur violence extrême.
Mai sau seul nom de Tour d'où vient qu'en ce moment,
Je vous ai vu saisi d'un soudain tremblement?

MONTAIGU.

Jeune homme, laisse-moi.

ROMEO.

Votre sort est horrible.
Mais le Duc vous honore; il n'est pas inflexible.
D'un mot si vous vouliez....

MONTAIGU, (*remarquant les Drapeaux.*)

A qui sont ces Drapeaux?

ROMEO.

Seigneur, ils sont le prix de mes heureux travaux.
Dans le dernier combat....

MONTAIGU.

J'estime le courage.
Qui donc es-tu?

ROMEO.

Seigneur, ma gloire est mon ouvrage.
Je ne suis qu'un Soldat par degrés parvenu,

Fugitif

Fugitif dès l'enfance, à son pere inconnu,
A qui votre misere arrache ici des larmes.

MONTAIGU.

Ses traits & ses discours ont pour moi quelques charmes,
Tu plains donc mes ennuis?

ROMEO.

Au malheur destiné
Ah! Qui doit plus que moi plaindre un infortuné?

MONTAIGU.

Il m'émeut!

ROMEO.

Oui, Seigneur, je porte un cœur sensible.
A ce cœur confiant, la feinte est impossible.
De tout mortel souffrant l'aspect m'est douloureux.
La pitié....

MONTAIGU.

Je te plains, tu vivras malheureux.

ROMEO.

Au comble du bonheur, Seigneur, j'aurois pu vivre.

MONTAIGU.

Conserve encor long-temps cette erreur qui t'enivre,
Bientôt ces jours heureux s'écouleront pour toi.

ROMEO.

Mon bonheur cependant est placé près de moi.

MONTAIGU.

J'excuse, en la plaignant, ta facile imprudence.
Jeune homme, je le vois : la flatteuse espérance,
Devant toi du bonheur applanit les chemins.
Tu n'as pas encore lu dans le cœur des humains.
Tu ne sais pas encore ce qu'un pareil abime
Peut cacher d'artifice, & d'horreur, & de crime,
Jusqu'où les passions & l'orgueil irrité
Peuvent porter leur haine & leur férocité.

ROMEO.

Non, Seigneur; mais je sais ce que peut la nature,
Ce qu'est un tendre amour, une ardeur vive & pure.
Je sais sur-tout, je sais qu'en des momens si doux,
Le plus cher des penchans m'entraîne ici vers vous.

Qu'en un combat pour vous, prêt à tout entreprendre,
Contre qui que ce fût, je courrois vous défendre.
Ah! daignez vous prêter à mes embrassemens;
Ils sont d'un cœur sans fard les vifs empressemens.
Je vous jure un respect, un dévouement sincere.
Je serai votre fils, tenez-moi lieu de pere.
Comme mes propres maux, je ressens vos douleurs.
Laissez entre vos bras, laissez couler mes pleurs.
Mais pourquoi de votre ame écarter l'espérance?
Du destin mieux que moi vous savez l'inconstance;
Peut-être un grand bonheur va vous être rendu.
Adoucissez, calmez votre esprit éperdu:
Croyez que.... Mais je vois la cohorte odieuse
Qui prête à vous mener dans une tour affreuse.....

MONTAIGU, *aux Gardes en les suivant.*

Je suis prêt.

ROMEO.

Attendez.....

MONTAIGU.

Ami, va, songe à toi,
Trouve enfin le bonheur, il n'est plus fait pour moi.
(Les soldats emmenent Montaigu.)

SCENE V.

ROMEO, JULIETTE.

ROMEO, *aux Gardes qui emmenent Montaigu.*

HE! quoi vous m'arrêtez! ô crainte cruelle!

JULIETTE.

Ton cœur à tes sermens a-t-il été fidele?
T'es-tu bien souvenu.....

ROMEO.

Serment trop odieux!
Vous le voyez, barbare, on l'entraîne à mes yeux.

JULIETTE.

Tu nous aurois perdus par un aveu ſincere.

ROMEO.

Dans les fers cependant j'entends gémir mon pere.

SCENE VI.

ROMEO, JULIETTE, FLAVIE.

FLAVIE.

Tout un parti, Madame, en ſa faveur ému,
Bientôt de ſa priſon va tirer Montaigu :
Et nous tremblons alors, avec quelque apparence,
Que voyant Capulet, ces rivaux en préſence,
Ne s'arrachent la vie, & qu'un combat affreux
N'immole l'un ou l'autre, ou peut-être tous deux.
On craint pour Capulet, pour vous, pour votre frere.

JULIETTE.

O Ciel ! ſi mon amant alloit tuer mon pere !
Si d'un combat entr'eux... Ah ! Seigneur, j'en frémis ;
Mais vous épargnerez de ſi chers ennemis.
Songez que Capulet, que Thébaldo....

SCENE VII.

ROMEO, JULIETTE, ALBERIC, FLAVIE.

ALBERIC.

Madame,
Votre pere irrité, que le dépit enflamme,
Apprend qu'à haute voix d'inſolens factieux,
L'accuſent de n'oſer ſe montrer à leurs yeux.

Il va dans ce moment, suivi de votre frere,
Sortir de ce Palais, & braver leur colere.

JULIETTE.

Je cours les arrêter.

(Elle sort avec Flavie.)

SCENE VIII.

ROMEO, ALBERIC.

ROMEO.

Toi, mon ami, suis-moi.

ALBERIC.

On en veut à tes jours, je combats avec toi.

Fin du second Acte.

ACTE III.

SCENE PREMIERE.

ROMEO, ALBERIC.

ALBERIC.

OU vas-tu? Suis mes pas, crains d'entrer en ces lieux.

ROMEO.

Je veux voir Juliette, & mourir à ses yeux.

ALBERIC.

As-tu donc oublié que ta main meurtriere,
Vient presque en ce moment de la priver d'un frere,
Que ton épée encore est teinte de son sang?

ROMEO.

Par pitié, cher ami, plonge-la dans mon flanc.

ALBERIC.

Quitte au plutôt ces murs; ta douleur indiscrette,
Du crime de ta main instruiroit Juliette.
Qu'elle ignore du moins dans cet événement,
Que son frere a péri des coups de son amant:
Mais quel bonheur, ami, que la bonté céleste,
M'ait seul rendu témoin d'un combat si funeste?
A ce trouble inoui, ne t'abandonne pas.

ROMEO.

Penses-tu que sa sœur survive à ton trépas.

ALBERIC.

Fuis de tes ennemis l'implacable colere.

ROMEO.

Tu sais que sans sa mort, j'allois perdre mon pere,

Que c'est à ce prix seul que j'ai pu le sauver.
Malheureux!

ALBERIC.

Il n'est plus; songe à te conserver.
Capulet ou sa fille à l'instant va paroître,
Du trouble de tes sens, songe à te rendre maître.

ROMEO.

Ah! je la vois, sortons.

(Albéric sort.)

SCENE II.

ROMEO, JULIETTE.

JULIETTE.

CHer Roméo, c'est moi.
Mon cœur plein de sa flamme a volé devant toi,
Le tien, je le vois trop, s'attendrit pour ton pere;
Où la conduit l'excès d'un aveugle colere!
Enfin, malgré l'éclat du plus ardent courroux,
Le bruit d'aucun malheur n'est venu jusqu'à nous.
Dans tes maux cependant l'amour qui nous possede,
N'offre-t-il qu'à moi seule un charme à qui tout cede?
Aurions-nous donc perdu ce droit des malheureux,
De confondre leur peine, & de gémir entr'eux,
Hélas! pour deux amans que le destin rassemble,
C'est un plaisir bien doux que de souffrir ensemble.
Laisse à ta Juliette appaiser tes douleurs.

ROMEO.

Combien le Ciel sur nous répandra de malheurs!

JULIETTE.

D'où vient dans ton esprit ce funeste présage?

ROMEO.

J'entrevois nos destins, je crains plus d'un orage.

JULIETTE.

Nous les vaincrons.

ROMEO.

Peut-être.

JULIETTE.

Eh, qui doit t'allarmer?
Tes vertus, tes exploits, t'ont par-tout fait aimer;
Ton Souverain t'admire, & les yeux de mon pere
Ne t'ont point jusqu'ici distingué de mon frere;
De ce frere sur-tout, tu sais que l'amitié
De tes moindres chagrins prit toujours la moitié;
Que pour sauver ta vie il donneroit la sienne.

ROMEO.

Que n'ai-je au même prix perdu cent fois la mienne.

JULIETTE.

Par quel destin deux cœurs l'un vers l'autre entraînés.
A se haïr entr'eux, étoient-ils destinés?

ROMEO.

Puisse, en ce jour fatal, l'aspect de nos miseres,
Ne pas fléchir trop tard la fureur de nos peres!

JULIETTE.

Dans quelque heureux instant, impossible à prévoir,
La nature & nos pleurs sauront les émouvoir;
Nous n'avons pas encore à gémir sur leurs crimes,
Leur courroux dans nos bras n'a point pris de victimes,
Soit erreur, soit raison, mon cœur dans l'avenir
Se figure un moment qui pourra nous unir.
Je t'adore, & tu vis. Puissant par sa famille,
Mon pere y voit briller, & son fils & sa fille;
Son fils sur-tout, son fils va bientôt à ses yeux,
Allumer les flambeaux d'un hymen glorieux.
Quel jour, pour tous les miens, d'allégresse & de gloire!

SCENE III.

ROMEO, JULIETTE, FLAVIE.

FLAVIE.

Ah! Madame, apprenez...

JULIETTE.

O Ciel! que dois-je croire,

Mon esprit allarmé d'un trop juste soupçon....

FLAVIE.

Le cruel Montaigu n'est plus dans sa prison.
Ses amis rassemblés ont forcé la porte;
Mais à peine il en sort, que libre & sans escorte,
Rencontrant Capulet seul, l'épée à la main,
Ils commencent entr'eux un combat inhumain.
Déja le coup mortel menaçoit votre pere,
A l'heureux Montaigu s'oppose votre frere;
Lorsqu'entr'eux deux soudain un nouveau combattant
Accourt, l'atteint, le perce, & s'échappe à l'instant.

JULIETTE.

Ah, Ciel!.... quoi, l'assassin.....

FLAVIE.

Oui, Madame, on l'ignore.

JULIETTE.

Et mon pere...

FLAVIE.

Courbé sur un fils qu'il adore
Il lui jure en pleurant, furieux, éperdu,
De venger par le sang, le sang qu'il a perdu.

JULIETTE.

O mon cher Thébaldo! qu'on me laisse à moi-même.

(Flavie sort.)

SCENE IV.

ROMEO, JULIETTE.

JULIETTE, *à Roméo qui va pour sortir.*

TU me fuis, Roméo! dans ma douleur extrême.
O Ciel! mon frere est mort; ô regrets superflus!
Pleure avec moi du moins ton ami qui n'est plus.
Voilà donc ce bonheur dont j'embrassois l'image!
Quel monstre a dans son sang rassasié sa rage?
Cher frere, en cet instant qui m'auroit dit, hélas!

Que

Que je devois sitôt déplorer ton trépas ;
Je vois cher Roméo, quel chagrin te consume,
De mes ennuis profonds tu ressens l'amertume :
Ah ! quel autre que toi dans mes justes douleurs,
Doit consoler ma peine & partager mes pleurs ?
Il semble en ce moment que le Ciel m'ait d'avance,
Pour soutenir ce coup, ménagé ta présence.
Mais tu frémis, ô Ciel ! & sembles te cacher.

ROMEO.

Par pitié de tes bras laisse-moi m'arracher.

JULIETTE.

D'où vient cette douleur, immobile, muette ?
Si c'étoit.....

ROMEO.

Justes Cieux !

JULIETTE.

Roméo !

ROMEO.

Juliette !

JULIETTE.

Ah ! barbare, mon frere a péri par tes coups.

ROMEO.

Frappe ; voilà mon cœur, assouvis ton courroux.

JULIETTE.

Ah ! Ciel !

ROMEO.

Veux-tu ma mort ?

JULIETTE.

Je veux...... cruel !

ROMEO.

Prononce.

(*En mettant la main sur son épée.*)

Tu n'as qu'à dire un mot, & voila ma réponse.

JULIETTE.

Qu'as-tu fait, malheureux ?

ROMEO.

L'avois je pu prévoir ?

Mon pere alloit périr, j'ai rempli mon devoir;
De son péril pressant, l'image inattendue,
A troublé dans mon sein la nature éperdue,
J'ai couru, j'ai frappé. Céder à mon amour,
C'étoit ôter la vie à qui je dois le jour.
Je suis envers tes feux, un ingrat, un perfide,
Mais je n'ai pas été du moins un parricide;
Chargé d'un tel forfait, à moi-même odieux,
J'aurois cru t'offenser de paroître à tes yeux.
J'ai pris d'un Montaigu le féroce courage,
Du sang des Capulets, prends à ton tour la rage.
Ton pere doit rentrer enflammé de courroux;
Je vais m'offrir sans arme au devant de ses coups.
Je mettrai dans ses mains, soumis & sans défense,
Ce fer souillé d'un sang qui lui criera vengeance,
Et je mourrai content, si le mien dans ces lieux,
Calme au moins tes regrets en coulant sous tes yeux.

JULIETTE.

Garde-toi d'écouter cette farouche envie.
Ah! barbare! & c'est moi qui tremble pour ta vie!
Quel attrait tout-puissant me force en mon malheur,
A chercher dans toi seul un charme à ma douleur?
Pardonne, ô mon cher frere, à ma douleur extrême!
Tu connus notre amour, tu l'approuvas toi-même.
Que, dis-je? Ah! sans frémir, peux-tu me voir, hélas!
A qui perça ton flanc, pardonner ton trépas?
Roméo par ce Ciel, par ton bras que j'implore,
Punis-moi du forfait de t'adorer encore.
Arrache-moi la vie, ou sauve à mon devoir,
Le coupable plaisir que je prends à te voir.
Adieu, séparons-nous, n'attends pas que mon pere,
Soit instruit dans quel sang il doit venger mon frere.
Il en est temps encore, échappe à son courroux,
Va, mets les flots, les mers, mets le monde entre nous;
Sois sûr qu'en quelques lieux où le destin te jette,
Tu vivras à jamais au cœur de Juliette;
Va, mes feux te suivront, j'en atteste l'amour,
Par-tout où tu verras la lumierre du jour
N'attends pas qu'à mes yeux elle te soit ravie,
Je t'accorde ta grace, accorde-moi ta vie,
Que ce soit là le prix, ce n'est pas trop pour moi,
De ce frere immolé que j'ai perdu par toi.

SCENE V.

CAPULET, ROMEO, JULIETTE.

CAPULET.

Viens, suis-moi, Dolvédo : viens seconder ma rage,
Viens venger mon fils mort, viens laver mon outrage.

ROMEO, *à part.*

Contre qui ? Ciel !

CAPULET.

Mes yeux n'ont point vu l'assassin,
Mais Montaigu...

ROMEO.

Qui, lui ?

CAPULET.

Cours lui percer le sein.
Mon ami, mon vengeur, c'est dans toi que j'espere.
Vois ces cheveux blanchis, vois ces larmes d'un pere.
Tes exploits, ces drapeaux attestent ton grand cœur.
Il est dans ton destin de revenir vainqueur.
Mon bras, ce bras tremblant que trop d'ardeur anime,
En prodiguant ses coups manqueroit sa victime ;
Va trouver Montaigu, qu'il meure, & dans ces lieux
Apporte-moi son cœur palpitant à mes yeux.
Ne prescris point de borne à ma reconnoissance ;
Je t'adopte pour fils, adopte ma vengeance.
Va, parts, combats, triomphe, & revolant vers moi,
Si mon fils est vengé, je le retrouve en toi.

ROMEO.

Qu'exigez-vous ?

CAPULET.

D'où vient ce trouble & ce silence ?
J'ai recours à ton bras, & ta valeur balance ?

ROMEO.

Ah ! Ciel !

CAPULET.

C'en eſt aſſez, viens ma fille avec moi.
Vainement au beſoin, j'ai compté ſur ſa foi,
Je rougis pour tous deux qu'un guerrier ſans courage,
M'ait fait à tes regards eſſuyer cet outrage;
Mais du Comte Paris tu ſais la paſſion,
Offre-toi pour conquête à ſon ambition.
S'il faut périr pour toi, la mort lui ſera chere.
Viens, ſuis mes pas.

JULIETTE.

Seigneur....

CAPULET.

Tu gémis?

JULIETTE.

O mon pere!

CAPULET.

Que vois-je? Quel ſoupçon m'éclaire en ce moment,
D'où naît cet embarras, ce long étonnement?

JULIETTE.

Ah! Dieu!

CAPULET.

S'il étoit vrai qu'au ſein de ma famille,
(*Regardant Roméo.*)
Un ſéducteur au crime eût entraîné ma fille!
Si cet indigne amour s'étoit ſeul opposé,
A l'hymen que tantôt mon choix a propoſé.....

JULIETTE.

Où ſuis-je!

CAPULET.

Tu rougis, ſerois-tu criminelle?

JULIETTE.

Seigneur.....

CAPULET.

Si je croyois....

JULIETTE.

Souffrez qu'au moins....

CAPULET.

Rebelle....

(*Mettant la main à ſon épée.*)

ROMEO.

Arrête, Capulet, écoute, & connois mieux
L'objet de ton courroux, vois dans un furieux
Que toi même élevois au sein de ta famille
Un monstre qui se hait, qui brûle pour ta fille,
Un ingrat qui t'outrage, un fils de Montaigu,
Roméo.

JULIETTE.

Qu'as-tu dit?

CAPULET.

Grand Dieu, qu'ai-je entendu?

ROMEO.

Apprends tous mes forfaits : cette main sanguinaire,
Je viens de la plonger dans le flanc de son frere.

CAPULET.

De mon fils!

JULIETTE.

Malheureux!

CAPULET.

O vengeance! ô fureur!
Barbare, défends-toi.

ROMEO.

Frappe, voilà mon cœur.

JULIETTE.

Arrêtez.

CAPULET.

Défens-toi.

ROMEO.

Non, cede à ta colere
Tu dois venger ton fils, j'ai dû sauver mon pere.

JULIETTE.

Arrêtez.

CAPULET.

Fille ingrate & tu retiens mon bras!
A ma juste fureur tu n'échapperas pas.
Lâche, tu sens trop bien cet indigne avantage,

Que ta main sans défense oppose à mon courage.
Va, cesse d'exciter mes transports furieux;
Epargne à mes regards ton aspect odieux.

SCENE VI.

CAPULET, ROMEO, JULIETTE,
un Officier du Duc.

L'OFFICIER.

De vos malheurs instruit, le Duc au moment même
Veut adoucir, Seigneur, votre douleur extrême.
De consoler un pere il se fait un devoir.
Il vient.

CAPULET.

C'est donc à moi d'implorer son pouvoir.
(*à Roméo.*)
Ne crois pas m'échapper: les combats, les supplices,
Tout est égal pour moi, pourvu que tu périsses.
(*à sa fille.*)
Suivez mes pas.
(*il sort.*)

ROMEO, *à Juliette.*

Ah! parle & l'attendris pour moi.

JULIETTE.

Va, nous mourrons ensemble, ou je vivrai pour toi.

Fin du troisieme Acte.

ACTE IV.

SCENE PREMIERE.

FERDINAND, CAPULET.

FERDINAND.

Je suis loin, Capulet, de condamner vos larmes,
Oui, la raison d'abord nous prête en vain ses armes,
On est homme, on gémit, mais enfin vos douleurs
Ne se guériront point par de nouveaux malheurs.
Craignez qu'en expirant, votre fille rebelle
N'éteigne une maison qui peut revivre en elle.
Pardonnez, croyez-moi.

CAPULET.

Prince, que dites-vous?
Mon fils....

FERDINAND.

Par nos regrets le ranimerons-nous?
Roméo vous est cher, sa vertu, sa vaillance,
Votre bonté sur-tout vous parle en sa défense,
Ajoutez, s'il le faut, que moi-même aujourd'hui
Cherchant à vous fléchir, j'ai supplié pour lui.
J'honore dans vos pleurs l'amitié paternelle,
Mais si pour adoucir votre perte cruelle,
Les plus nobles emplois, les rangs, les dignités,
Si ma reconnoissance ...

CAPULET.

Ah! Seigneur, arrêtez.

FERDINAND.

Laissez-moi comme vous, sentir votre infortune,

Notre sort est d'être homme, il nous la rend commune,
Ne croyez pas pourtant qu'à gémir destiné,
Vous soyez seul a plaindre, & seul infortuné.
Combien de fois mes yeux ont répandu des larmes!
Je n'entrevois pourtant que des sujets d'allarmes.
Par le Duc de Mantoue en secret excités,
Mes sujets contre moi sont presque révoltés.
Ce parti veut ma perte, il espere en silence
Que, vos maisons bientôt rallumant leur vengeance,
Capulets, Montaigus, l'un par l'autre immolés,
Portant l'effroi, la mort sur nos bords désolés,
Il détruira sans peine en ce désordre extrême,
Un Etat divisé, déchiré par lui-même.
Eteignez à jamais les flambeaux détestés,
Qu'entre vos deux maisons la discorde a jettés.
Montaigu n'a qu'un fils, il vous reste une fille
Si l'hymen unissoit l'une & l'autre famille!
C'est la patrie en pleurs qui vous prie à genoux,
Elle emprunte ma voix, la refuserez-vous?
Ne croyez pas par là ternir votre mémoire,
Cet effort de vertu comblera votre gloire;
On dira quelque jour: „ Capulet outragé
„ Voloit à sa vengeance, & ne s'est point vengé;
„ Il fut à son devoir immoler sa furie,
„ Il exauça son Prince, il sauva sa patrie;
„ L'intérêt de l'Etat fut sa supréme loi!

CAPULET.

Ainsi donc Montaigu va l'emporter sur moi.

FERDINAND.

Le triomphe est pour vous: ah! loin d'être inflexible,
Lui-même, à vos douleurs, il s'est montré sensible.
En retrouvant un fils, les plus doux mouvemens
Ont remplacé sa haine, & ses ressentimens.
Instruit par Roméo quelle étoit sa naissance,
J'ai mandé dès l'instant son pere en ma présence;
Ils se sont vus l'un & l'autre, & des signes certains
Ont du fils à mes yeux éclairci les destins.
La nature a parlé. Par le cri le plus tendre
Dans le fond de leurs cœurs le sang s'est fait entendre.
J'en ai versé des pleurs Ils me pressoient tous deux
D'adoucir vos transports, de vous fléchir pour eux,

D'obtenir

D'obtenir un pardon qu'ils n'osent plus prétendre ;
Tous les deux, par mon ordre, ils vont ici se rendre ;
Mais les voici.

CAPULET.

Grand Dieu !

FERDINAND.

Montrez-vous citoyen.

SCENE II.

FERDINAND, MONTAIGU, CAPULET, ROMEO.

FERDINAND.

PAroissez Montaigu, venez, ne craignez rien,
Capulet vous pardonne.

MONTAIGU.

O Ciel ! le puis-je croire,
As-tu bien sur toi-même emporté la victoire ?
Ton cœur s'est-il dompté ?

CAPULET.

J'ai triomphé de moi.
Mais en te pardonnant, je n'ai rien fait pour toi.

FERDINAND.

Ah ! laissez-nous penser qu'en oubliant l'offense ;
Vous cédez sans effort à la seule clémence.

ROMEO.

(*au Duc.*) (*à Montaigu*)
O mon prince ! O mon pere ! En des momens si doux
(*Tombant aux pieds de Capulet.*)
Souffrez que comme un fils j'embrasse ses genoux.

CAPULET.

Que fais-tu, Roméo ?

MONTAIGU.

Sois touché par ses larmes.

CAPULET.

Crois-tu donc, que la haine ait pour moi tant de charmes?

MONTAIGU.

Je le vois, la vengeance a pour toi peu d'appas.
Tu ne sais point haïr.

FERDINAND.

Vous ne vous trompez pas,
J'ai surpris la pitié dans son ame attendrie;
Ah! tous les deux enfin vivez pour la Patrie.

MONTAIGU.

Je joins mes vœux aux siens.

FERDINAND.

Mes amis, faisons mieux:
Qu'un accord si touchant éclate à tous les yeux.
Parmi tous ces tombeaux, au sein de ces ténebres
Où dorment vos ayeux sous des marbres funebres,
Devant mon peuple & moi renouvellez tous deux
Le serment d'une paix qui fut jadis entre eux.
Jurez sur leurs cercueils, & sous ces voûtes sombres
En attestant leurs noms, & leur cendre, & leurs ombres,
De tourner désormais contre nos ennemis
Le fer que dans vos mains la discorde avoit mis,
De former entre vous une auguste alliance
Où votre haine expire, où l'amitié commence,
Et de rendre à l'Etat le sang & les guerriers
Dont l'ont privé cent fois vos combats meurtriers:
Ainsi, femmes, enfans, chacun dans l'Italie
Consacrera le jour qui vous réconcilie:
Ainsi tous mes sujets, les larmes dans les yeux,
Porteront à l'envi vos vertus jusqu'aux Cieux:
Dès lors plus de complots, de meurtre, de vengeance;
Je tiendrai de vous seuls ma gloire & ma puissance,
Et vous donnant des loix, mes desirs les plus doux
Seront de mériter des sujets tels que vous.
Vous êtes attendris, vos soupirs vous trahissent.

MONTAIGU.

Consens-tu, Capulet, que nos maisons s'unissent?

FERDINAND.

Oui, ſon cœur vous pardonne, & j'en réponds pour lui.

CAPULET.

Vois donc ce que pour toi j'aurai fait aujourd'hui.
L'État, mon Souverain, ſur ma cruelle offenſe,
Malgré le cri du ſang emportoient la balance,
Mais dût encor ce ſang ſe plaindre & s'indigner,
C'eſt à toi maintenant que je veux pardonner.
Je vis, mon fils n'eſt plus, lorſque le tien reſpire,
Il demande vengeance, & ma vengeance expire :
C'eſt dans ce même jour, dans ce même palais,
Qu'avec ſes meurtriers j'aurai conclu la paix.
Ma haine, Montaigu, s'éteint avec la tienne,
Dans la main de ton fils j'oſe mettre la mienne.
Eſt-ce aſſez te prouver par cet effort ſur moi,
Que tu peux ſans péril te livrer à ma foi ?
Ennemi, ſur tes jours j'étois prêt d'entreprendre,
Ami, je donnerois les miens pour te défendre.
Tu vois, pour m'acquérir, qu'il t'en a peu coûté ;
J'oublie en le pleurant le bien qui m'eſt ôté,
Et je paye à ton fils dans ma douleur funeſte
Le ſang qu'il m'a ravi par le ſang qui me reſte.

ROMEO.

Ah ! mon pere ! ah ! Seigneur ! après tant de bienfaits
Eh comment envers vous nous acquitter jamais ?

SCENE III.

FERDINAND, MONTAIGU, CAPULET, ROMEO, *un* OFFICIER *du Duc.*

L'OFFICIER.

Prince, des ennemis répandus par la ville,
Eſpérant quelque trouble à leurs projets utile,
N'attendent en ſecret, tout prêts à ſe montrer,
Que l'inſtant de paroître & de ſe déclarer,
Et l'on craint....

FERDINAND.

C'eſt aſſez, je vais en diligence
Tout voir, tout prévenir, & tout mettre en défenſe;
Je ſors; vous, Capulet, commandez mes ſoldats.
(*Ferdinand ſort & l'Officier.*)

SCENE IV.

MONTAIGU, CAPULET, ROMEO.

CAPULET.

ET toi dans ce palais, quand je n'y ſerai pas,
Agis, diſpoſe, ordonne, & regne en ma famille.
Sans crainte entre tes mains je laiſſe ici ma fille.
Vas je ne ſais aimer ni vouloir à demi.
Prens hautement chez moi tous les droits d'un ami,
Et ſi (ce que jamais mon cœur ne pourroit croire)
La moindre haine encor vivoit en ta mémoire,
Souviens toi ſeulement pour raffermir ta foi,
A quel prix, Montaigu, j'ai dû compter ſur toi.
(*il ſort.*)

SCENE V.

MONTAIGU, ROMEO.

ROMEO.

AH ! que ſur nous la foudre éclate & nous dévore,
Avant que dans nos cœurs la haine exiſte encore !

MONTAIGU.

Es-tu mon fils?

ROMEO.

Seigneur... vous me faites trembler.

MONTAIGU.

Prévois-tu quels secrets je vais te révéler ?

ROMEO

Que dites-vous?

MONTAIGU.

Ecoute, & rassemblant d'avance
Ce que l'homme eut jamais de force & de constance,
Que ton ame a ma voix se prépare à frémir.

ROMEO.

Parlez.....

MONTAIGU.

Sois immobile & songe à t'affermir.
Tantôt sans soupçonner ces terribles mysteres,
Tu voulois être instruit du destin de tes freres,
Ils ne sont plus.

ROMEO.

O Ciel!

MONTAIGU.

Loin de ces murs affreux
Je crus chez les Pisans devoir fuir avec eux.
Hélas! disois je enfin, voici donc un asyle
Pour moi, pour mes enfans, rempart sûr & tranquille,
D'où n'approcheront plus les piéges du trépas:
La vengeance attentive y marcha sur mes pas.
Un monstre ingénieux, un tigre impitoyable
D'un complot supposé me fit juger coupable,
Et sans que du forfait on daigna s'informer
Dans une tour fatale on me vint enfermer.

ROMEO.

Avec vos enfans?

MONTAIGU.

Oui : prête l'oreille au reste.
Déja depuis trois jours dans mon cachot funeste,
Je sentois dans mon sein s'amasser la terreur,
Quand d'un songe effrayant la prophétique horreur
Offrit à mes esprits la plus fatale image :
Je m'éveillai tremblant, plein d'un affreux présage.
Je cherchois dans moi-même, immobile & glacé,
Quel étoit ce malheur par mon songe annoncé :

Mes fils dormoient, j'y cours; leurs gestes, leurs visages
Sur mon sort, tout-à-coup, éclairant mes présages,
De la faim sur leur lit exprimoient les douleurs;
Ils s'écrioient, " mon pere, ,, & répandoient des pleurs.
Nous nous levons, on vient; nous attendions d'avance
L'aliment qu'on accorde à la simple existence.
Chacun se tait, j'écoute, & j'entens de la tour
La porte en mur épais se changer sans retour.
Je fixai mes enfans sans parole & sans larmes;
J'étois mort.... Ils pleuroient...., je cachai mes allarmes;
Mais lorsqu'enfin (Soleil devois-tu te montrer)
Dans eux tous à la fois je me vis expirer,
Je dévorai ces mains. Renaud me dit ,, mon pere,
,, Vis, tu nous vengeras. " Raymond, Dolcé, Sévere,
M'offrirent à genoux leur sang pour me nourrir,
Et chacun d'eux ensuite acheva de mourir.

ROMEO.

Qu'ai-je entendu? grand Dieu!

MONTAIGU

Puisqu'il me faut poursuivre,
Je restai seul vivant, mais indigné de vivre.
Ma vue en s'égarant s'éteignit à la fin,
Et ne pouvant mourir de douleur ni de faim,
Je cherchai mes enfans avec des cris funebres,
Pleurant, rampant, heurlant, embrassant les ténebres,
Et les retrouvant tous dans ce cercueil affreux,
Immobile & muet, je m'étendis sur eux.
Mon cachot fut ouvert; mes amis en furie,
Venant pour me sauver....

ROMEO.

Ah! de sa barbarie.
Vous dûtes bien, je crois, punir un inhumain?

MONTAIGU.

Il n'avoit point d'enfans. Tourmenté par la faim,
Je courois, furieux, dans ma rage homicide,
Sur ses flancs acharné, dévorer un perfide....
Le barbare! il venoit plein de gloire & de jours,
Tranquille, & sans douleurs, d'en terminer le cours.

ROMEO.

Ainsi donc sans objet, où porter vos vengeances?...

MONTAIGU.

Cet objet est, mon fils, plus près que tu ne penses.

ROMEO.

Ah! je cours sur vos pas le voir & l'immoler.

MONTAIGU.

Peut-être avant le coup ton bras pourra trembler.

ROMEO.

Qui dois-je enfin punir?

MONTAIGU.

Un traître, un téméraire,
De l'auteur de mes maux le détestable frere,
Capulet.

ROMEO.

Lui!

MONTAIGU.

Lui-même.

ROMEO.

Ah! pour un tel dessein,
Ou changez de victime, ou changez d'assassin.

MONTAIGU.

Non, ce n'est pas son sang qu'il faut verser encore;
C'est le sang d'un objet qu'il chérit, qu'il adore,
Qui tient à son amour par un si fort lien,
Qu'en lui perçant le cœur, tu perceras le sien;
De l'objet en qui seul vit encor sa famille,
De son unique espoir, de son sang, de sa fille,
De Juliette enfin.

ROMEO.

Seigneur, les plus beaux feux
Dès long-temps, pour jamais, nous ont unis tous deux.

MONTAIGU.

Et tu ne tremble pas qu'en ma fureur extrême,
Mon bras, sur cet aveu, ne t'immole toi-même?

ROMEO.

Voyez à quel forfait vous voulez m'engager!
Une amante... un vieillard...

MONTAIGU.

Je cherche à me venger.

ROMEO.

Et qu'ont-ils fait?

MONTAIGU.

Grand Dieu! ce qu'ils ont fait, perfide.
Et c'eſt là ta réponſe au tranſport qui me guide,
Du bourreau de mes fils, j'y vois le ſang affreux,
Et c'eſt ton lâche cœur qui s'attendrit pour eux!
Ce qu'ils ont fait! demande aux tigres en furie,
Lorſqu'un dard dans leurs flancs accroît leur barbarie,
S'ils ſauroient inventer ces monſtrueux tourmens,
De faire aux yeux d'un pere expirer ſes enfans.
Ce qu'ils ont fait! demande à tes malheureux freres,
Quand la faim, par degrés, éteignoit leurs paupieres,
Dans ce cachot de mort, s'ils ont dû ſoupçonner,
Qu'un jour aux Capulets je pourrois pardonner?
Ce qu'ils ont fait! dit, traître, & quels étoient leurs crimes?
Quand, fixant à mes pieds de ſi cheres victimes,
Je les vis, tout en pleurs, pour moi ſeul s'attendrir,
Et m'offrant, à genoux, mon ſang pour me nourrir?
Ce qu'ils ont fait! barbare! ah! le Ciel en colere,
M'a privé du ſeul bien qui flattoit ma miſere,
C'eût été ſur un monſtre, au gré de mes deſirs,
D'aſſouvir ma vengeance, en comptant ſes ſoupirs,
D'obſerver ſes douleurs, de ſuivre à cet indice
La lenteur du trépas, & l'horreur du ſupplice;
Le cruel chez les morts, tranquille & ſans effroi,
S'eſt au ſein des tombeaux, retranché contre moi;
Et quand je trouve un fils, fameux par ſon courage,
Qui m'eſt exprès rendu pour ſe joindre à ma rage;
Lorſqu'aucun Capulet ne peut plus m'échapper,
Quand je n'ai qu'à vouloir, quand il n'a qu'à frapper,
A ſes indignes feux c'eſt lui qui s'abandonne!
Je ne ſais quel amour, & l'enchaîne, & l'étonne;
C'eſt lui qui délibere, & qui même aujourd'hui,
Craindroit, en ce Palais, de me ſervir d'appui.

ROMEO.

Quel reproche odieux me faites-vous entendre!

Plutôt

Plutôt mourir cent fois que ne pas vous défendre,
Malheureux ! Eh, quoi donc avez-vous prétendu,
Que pour de tels forfaits je vous ferois rendu ?
A peine, mon ami dans un cercueil repose,
A peine, pour sceller la paix qu'on lui propose,
Un vieillard généreux vous livre sans soupçon
Son propre sang, son cœur, son palais, sa maison ;
A peine entre vos bras il a remis sa fille,
Que pour exterminer, lui, son nom, sa famille,
Sortant de l'embrasser, vous exigez soudain
Que je plonge à sa fille un poignard dans le sein !
Seigneur, je suis soldat ; pour venger votre outrage,
J'employerai, s'il le faut, la force, le courage ;
Ce bras ne sait user que de moyens permis,
Et se teindre avec gloire au sang des ennemis.
Au chemin de l'honneur montrez-moi la vengeance ?
Vous connoîtrez alors si Roméo balance.
J'aspire à vous servir, je le veux, je le doi,
Mais il s'agit d'un crime, il n'est pas fait pour moi.

MONTAIGU.

Qu'entends-je ? & tel est donc l'excès de mes miseres,
Tel est l'horrible sort de tes malheureux freres,
Que tout trahit leur cause, & qu'après leur trépas,
Ils demandent vengeance & ne l'obtiennent pas.
Sais-tu ce qui soutient ma vie infortunée ?
Sais-tu jusqu'à ce jour comment je l'ai traînée ?
Sais-tu, quand je sortis de la funeste Tour,
Sur quels sauvages bords, dans quel affreux séjour,
Par mon trouble égaré, je courrus, loin du monde,
Ensevelir vingt ans ma douleur vagabonde ?
Au Mont de l'Appennin je fus vingt ans caché :
C'est-là que, fugitif, dans des antres couché,
Implacable ennemi de la nature entiere,
Ne pouvant à mon gré voir s'embraser la terre,
Oubliant à jamais mon rang & ma maison,
A force de douleur privé de la raison,
Aidé pour tout secours des soins d'un misérable,
Qui dans moi, par pitié, vit encor son semblable,
Nourri par ses bontés, quelquefois dans ses bras,
Par des sons mal formés invoquant le trépas ;
Trouvant le Ciel, la nuit, la lumiere importune,

Caché sous ces lambeaux de la vile infortune,
Dans l'horreur des forêts, sous des rochers affreux,
J'appellois à grands cris mes enfans malheureux,
Indigné d'y trouver, dans son sommeil paisible,
A mes longs désespoirs la nature insensible.
C'est-là que tout-à-coup, plein de trouble & d'effroi,
Mes quatre fils mourans s'offroient tous devant moi...
Je crois les voir encor.. Oui, voilà leurs visages,
Leurs traits, leur port....

ROMEO.

Mon pere, écartez ces images.

MONTAIGU.

Grand Dieu! pour un moment suspendez mes douleurs;
Voyez ces cheveux blancs, daignez tarir mes pleurs.

ROMEO.

O Ciel!

MONTAIGU.

Il en est temps, souffrez que je succombe.
Pour revoir mes enfans, plongez-moi dans la tombe.
Je sens que je chancelle....

ROMEO.

Ah! du moins que mes bras...

MONTAIGU.

N'avancez pas cruel, ou vengez leur trépas.

ROMEO.

Hé! Seigneur,

MONTAIGU.

Mes enfans!

ROMEO.

Dans votre horreur funeste

Songez que...

MONTAIGU.

Mes enfans!

ROMEO.

Songez que je vous reste.

MONTAIGU.

Mes enfans.... Où sont-ils?

ROMEO.

Ah! revenez à vous,
Mon pere! ou, dans l'instant, je meurs à vos genoux.

MONTAIGU.

Qui, toi!

ROMEO.

Vivez, hélas! conservez-vous encore.

MONTAIGU.

Je suis un malheureux qui se hait, qui s'abhorre,
Trop indigne à jamais du jour qu'il doit flétrir

ROMEO.

Que vous reprochez-vous?

MONTAIGU.

Je n'ai pas pu mourir.

ROMEO.

Ah! Seigneur, croyez-moi, dans vos douleurs ameres,
Vos pleurs assez long-temps ont coulé pour mes freres,

MONTAIGU.

La raison, Roméo, vient vite à ton secours.
Ce n'est pas dans ton sang qu'ils ont puisé leurs jours:
Ton cœur donne à leur perte une pitié légere:
Tu ne sens pas pour eux des entrailles de pere.
Ces freres que tu plains, tu ne les venge pas,
Leurs mânes gémissants n'assiégent point tes pas.
Malheureux Capulets, vous payerez tous ces crimes;
Mais je prétends sur-tout voir souffrir mes victimes:
Dans leur sein déchiré je lirai leurs douleurs,
Dans le fond de leurs yeux j'irai chercher leurs pleurs.
Qu'un Capulet me plaise avant qu'on m'attendrisse!
Oui, sur eux, sur eux tous remplaçant ta justice,
Je te le jure, ô Ciel! ces bras ensanglantés
Leur rendront, s'il se peut, les maux qu'ils m'ont prêtés.

ROMEO.

Ah! ne vous chargez point d'un si noir parricide!

MONTAIGU.

Laisses-là tous ces noms de traître & d'homicide.
Mon sort m'a dès long-temps dispensé de ma foi.
Ces noms, jadis affreux, n'existent plus pour moi,

Quoi! tu n'es point saisi du transport qui m'agite?
L'aspect d'un Capulet n'a donc rien qui t'irrite?
Comme un autre homme enfin tu peux l'envisager.

ROMEO.

Puisqu'il est homme, hélas! peut-il m'être étranger?
Mais enfin, il est temps de rompre le silence,
Vous savez quelle main éleva mon enfance,
Faut-il que votre fils, le plus vil des ingrats,
Assassine un mortel qui lui tendit les bras!
Faut-il que sous mes yeux mon bienfaiteur périsse!
Faut-il qu'à cet excès mon pere m'avilisse?
Vous allez tout trahir, la justice, la foi,
L'humanité, le Ciel....

MONTAIGU.

On l'a trahi pour moi.

ROMEO.

Différez seulement à laver votre offense.
Votre honneur veut....

MONTAIGU.

Du sang.

ROMEO.

La pitié.

MONTAIGU.

La vengeance.

ROMEO.

Ah! Qu'allez-vous tenter.....

MONTAIGU.

C'en est trop & mes coups...

ROMEO.

Pour la derniere fois je tombe à vos genoux;
Ecoutez seulement, Seigneur, qu'allez vous-faire?
Révoquez, s'il se peut, un projet sanguinaire:
Epargnez Capulet, voyez-y sans courroux
Un vieillard à gémir condamné comme vous.
Laissez mourir en paix & le pere & la fille.
Juliette au cercueil éteindra sa famille.
Le jour n'en est pas loin: pourtant ne croyez pas
Que jamais ma douleur ait recours au trépas;
Je vivrai, mais pour vous, pour calmer vos miseres,

Pour vous rendre à moi-seul, tout l'amour de mes freres?
Au mont de l'Appennin faut-il fuir avec vous?
Partageant vos ennuis, mon sort sera plus doux.
A la peine, aux travaux je trouverai des charmes;
J'y défendrai vos jours, ou j'essuierai vos larmes....
Votre courroux, Seigneur, me paroît suspendu.
Grand Dieu! vous m'exaucez, oui, mon pere est rendu;
De la pitié qui parle, il entend le murmure,
J'ai trouvé, j'ai vaincu, j'ai surpris la nature.

MONTAIGU.

Qui, moi! j'aurois......

ROMEO.

Seigneur, ne vous défendez pas.
Laissez couler vos pleurs; souffrez que dans vos bras....

MONTAIGU.

Cruel!

ROMEO.

Consultez seul votre cœur magnanime,
Il est fait pour l'honneur, pour détester le crime.
L'honneur seul est la loi qu'il vous faut écouter.

MONTAIGU.

Laisses-moi.

ROMEO.

Je vous suis, je ne peux vous quitter.

Fin du quatrieme Acte.

ACTE V.

Le Théatre représente la sépulture des Capulets & des Montaigus. On voit au pied du premier tombeau une coupe renversée.

SCENE PREMIERE.

JULIETTE, *seule.*

Dieu ! quel jour effrayant dans l'épaisseur des ombres,
Au sein de ces tombeaux répand ses clartés sombres !
Les mânes enchaînés sous ces marbres poudreux,
Semblent tous m'inviter d'y descendre avec eux.
Je vois avec plaisir au sein de ces ténebres,
Le jour pâle & mourant de ces lampes funebres.
Cet astre des tombeaux, plus affreux que la nuit,
Vient mêler quelque joie à l'horreur qui me suit.
Tout parle, tout m'entend dans ce vaste silence.
Mon frere ranimé s'éveille en ma présence :
Du fond de son cercueil il me dit : „ hâte-toi,
„ Goûte enfin le repos qui t'attend près de moi. “
C'est donc ici, Grand Dieu ! que ta vengeance expire !
Que le sort est dompté, que la vertu respire !
Ici nos fiers ayeux, par la haine animés,
S'embrassent dans la poudre, unis & désarmés.
Je vais leur annoncer que leurs guerres funestes,
En moi, de ma famille, ont dévoré les restes.
Je sors avec dédain d'un coupable séjour,
Où le Ciel a proscrit l'innocence & l'amour.
Qu'aurois-je à regretter ? Qu'ai-je vu sur la terre ?
Des haines, des complots, la trahison, la guerre.
Un plus doux sentiment m'eût fait chérir le jour.
Roméo m'adoroit... Je le perds sans retour.

SCENE II.

ROMEO, JULIETTE.

ROMEO.

COurons rendre le calme à son ame inquiéte.
On m'a dit qu'en ces lieux...

JULIETTE.

Qu'entends-je?

ROMEO.

Juliette?

JULIETTE.

Est-ce toi, Roméo? Que ton aspect m'est doux!

ROMEO.

Mon pere est désarmé; j'ai fléchi son courroux.
J'ai vu son cœur ému; ses bras, par leurs caresses,
M'ont prodigué du sang les plus vives tendresses.
Tu les verras bientôt, sur ces froids monumens,
De la paix entre nous prononcer les sermens.
Sa foi ne nous doit plus laisser aucun ombrage.

JULIETTE.

De sa sincérité, tiens, vois le témoignage.
(*Elle lui donne un billet.*)

ROMEO.

Quelle horreur ce billet va-t-il me révéler?
Au moment de l'ouvrir je sens ma main trembler.
Lisons.

(*il lit.*)

„ Voici le temps, compagnons intrépides,
„ D'exterminer les Capulets,
„ Et quand dans les tombeaux j'irai jurer la paix,
„ D'enfoncer vos poignards dans le flanc des perfides.
„ Montaigu. „ Le barbare! & je suis né de lui!

JULIETTE.

C'est ainsi, tu le vois, qu'il pardonne aujourd'hui.

J'ai fait par des yeux sûrs attachés à sa suite,
Ecouter ses discours, observer sa conduite;
On comptoit tous ses pas : de fideles amis,
Surprenant ce billet, dans mes mains l'ont remis.

ROMEO.

Ah! je cours prévenant un mortel sanguinaire ....

JULIETTE.

Souviens-toi, Roméo, qu'il est toujours ton pere.

ROMEO.

Quand sa fureur sur toi, sur l'auteur de tes jours....

JULIETTE.

J'ai prévu les moyens d'en arrêter le cours.

ROMEO.

Que dis-tu? Quel dessein....

JULIETTE.

Mon trépas nécessaire
Va sauver à la fois ma Patrie & mon pere.
Ma maison, tu le sais, ne vit plus que dans moi,
La tienne maintenant n'existe plus qu'en toi.
Entre ces deux maisons, soit ton sang, soit le nôtre,
Il faut que l'une enfin n'importune plus l'autre,
Et pour n'avoir plus lieu de se persécuter,
Qu'un des deux partis cede en cessant d'exister.
Voilà le seul moyen de terminer nos haines...
C'en est fait, Roméo; la mort est dans mes veines.

ROMEO.

Qu'as-tu fait ? juste Ciel!

JULIETTE.

Tout est fini pour moi.
Mais mon pere vivra, je revivrai dans toi.
Montaigu voudra bien, délivré d'une fille,
Permettre à Capulet de pleurer sa famille;
Et comme dans la tombe il est tout prêt d'entrer,
Lui laisser noblement le loisir d'expirer.
Tu frémis, je le vois, de tant de barbarie :
Vis pour moi, pour nous deux, pour sauver ta patrie.
J'entends, & tes soupirs & tes gémissemens;
Affermis mon courage en ces derniers momens.

ROMEO.

ROMEO.

Qu'ai-je entendu, barbare ? & tu veux que j'achete,
Le bienfait de la vie en perdant Juliette,
Qu'à cet horrible prix, à moi-même odieux,
J'ose encore sur ta tombe envisager les cieux !
As-tu bien pu penser qu'ayant cessé de vivre,
Ton Amant au cercueil tarderoit à te suivre ?
De quel droit m'ôtois-tu par cette trahison,
La part que mon amour me donnoit au poison.
Tu n'as donc pas songé, qu'unis dès notre enfance,
Nous n'avons tous les deux qu'une même existence ?
Si tu m'avois aimé, tu n'aurois point, hélas !
Distingué de ta mort l'instant de mon trépas;
O cher, ô digne objet de ma tendresse extrême,
Ne nous séparons point, surmontons la mort même.
Expirons, mais ensemble. Avant de m'assoupir,
Que je te voie encore à mon dernier soupir.
Le temps, la mort, le Ciel, rien n'éteindra ma flamme.
Je vivrai dans ton cœur, tu vivras dans mon ame.

JULIETTE.

O mon cher Roméo, quand je quitte le jour,
Cache-moi par pitié l'excès de ton amour,
Conserve de nos feux un souvenir fidele.
Vis, j'ose l'exiger.

ROMEO.

Va, ce fer plus fidele,
Au défaut du poison, servira mon dessein.
Un désespoir tranquille a passé dans mon sein.
Montaigu va venir : sous ces voûtes terribles,
Qu'il recule à l'aspect de nos corps insensibles.
Que mon barbare pere, en entrant dans ces lieux,
Nous voie avec horreur, expirer sous ses yeux.
Je ne sais quel pouvoir fatal à l'innocence,
Dressa dans ces tombeaux l'autel de la vengeance,
Il demande des morts, il veut du sang. Eh bien !
Il sera satisfait ; j'y verserai le mien.

JULIETTE.

Arrête, Roméo : la fortune jalouse
Ne doit point m'empêcher de mourir ton épouse.

Sur les bords du cercueil, puisqu'il dépend de nous,
Laisse-moi te donner le nom sacré d'époux.
Hélas! j'ai bien acquis, dans ce moment suprême,
Le droit triste & flatteur de me donner moi-même.
Pour amis, pour témoins, adoptons ces tombeaux,
Ce marbre pour autel, ces clartés pour flambeaux.

ROMEO.

Que dis-tu?

JULIETTE.

C'en est fait. Adieu. Je meurs contente.
J'expire entre tes bras ta femme & ton amante.
Ah! donne-moi ta main! que j'emporte avec moi
La douceur d'être unie un moment avec toi.

ROMEO.

Juliette! elle expire ah Dieu! pere barbare?
Ta haine fit nos maux, c'est toi qui nous sépare;
Mais malgré toi, cruel, nous serons réunis.

SCENE III.

FERDINAND, MONTAIGU, CAPULET, ROMEO, JULIETTE, *Gardes & suite de Ferdinand, Partisans de la Maison des Montaigus, Partisans de la Maison des Capulets, Guerriers & Peuple.*

FERDINAND.

PEuple, voici l'instant que je vous ai promis.
(*à Montaigu & à Capulet.*)
Ici, sur ce tombeau, jurez en ma présence
D'éteindre pour jamais la haine & la vengeance.
Commencez, Capulet.

CAPULET.

Cendres de nos ayeux,
Recevez le serment que je fais en ces lieux,

Je jure aux Montaigus une amitié fincère,
De porter à leur chef le tendre amour d'un frere,
D'étouffer nos débats, de n'y jamais fonger,
De défendre fes jours dans le moindre danger;
Approche. Embraffons-nous. Ciel! un poignard! barbare!

MONTAIGU.

Courage, mes amis,

FERDINAND.

Soldats, qu'on les fépare,

CAPULET.

Mais que vois-je? Ah, ma fille! ô crime! ô juftes cieux?
Quel fpectacle cruel vient s'offrir à mes yeux.

MONTAIGU.

Le Ciel eft jufte enfin.

CAPULET.

Bourreau de ma famille,
Peux-tu bien....

MONTAIGU.

Laiffe-moi voir expirer ta fille,
Mes enfans font vengés,

CAPULET.

Si ce font tes plaifirs,
Tigre, entends mes fanglots, infulte à mes foupirs.

MONTAIGU.

J'en jouis. Te voilà comme mon cœur defire,
Sens bien que tu la perds, & que mon fils refpire.

CAPULET.

(il lui montre le corps de Roméo.)

Regarde, malheureux!

MONTAIGU.

Que vois-je? Quelle horreur
Mon fils, ô mon cher fils! ô vengeance! ô fureur!
Et voilà tout le fruit de ma rage inhumaine.
Ciel! es-tu fatisfait, ai-je épuifé ta haine?
Frappe, unis donc le pere à fes malheureux fils.

Il tombe fur le corps de fon fils.

FERDINAND.

Vous voyez quels effets votre haine a produits.
Vos injustes fureurs, source de tant de crimes,
On conduit à la mort d'innocentes victimes;
Peuples, qu'un monument conserve à l'avenir
De vos justes regrets l'éternel souvenir.

FIN.

www.ingramcontent.com/pod-product-compliance
Ingram Content Group UK Ltd.
Pitfield, Milton Keynes, MK11 3LW, UK
UKHW012102240726
13965UKWH00004B/1478